Erizo y Conejo. La nube cabezota
Colección Erizo y Conejo

© del texto: Pablo Albo, 2016
© de las ilustraciones: Gómez, 2016
© de la edición: NubeOcho, 2017
www.nubeocho.com - info@nubeocho.com

Correctora: Rocío Gómez de los Riscos y Daniela Morra

Primera edición: 2017
ISBN: 978-84-945971-8-3
Depósito Legal: M-1569-2017

Impreso en China a través de Asia Pacific Offset,
respetando las normas internacionales del trabajo.

Erizo y Conejo

La nube cabezota

PABLO ALBO

ILUSTRADO POR

GÓMEZ

nubeOCHO

Erizo y Conejo
estaban en el huerto.
Conejo comía coles.
Erizo buscaba caracoles.

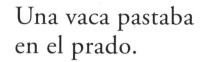

Una vaca pastaba
en el prado.

Y, a lo lejos, un cuervo
picoteaba las coliflores.

Era un día soleado.

De pronto, la luz del sol se fue y todo quedó oscuro.
Conejo se asustó mucho y se escondió dentro del
tronco hueco.

Erizo miró hacia arriba y vio que había una nube tapando el sol.

Una sola nube en medio del cielo.

—¡Eh, nube —le dijo Erizo—, por favor, échate un poco a un lado, que nos tapas el sol!

Pero la nube no se movió.

Conejo salió de su
escondite y le dijo
a la nube:

—¡Oye, nube, ponte en otro lado,
que el cielo es grande!

Pero tampoco esta vez la nube se movió.

Entonces, Conejo le dijo a Erizo:

—Creo que lo que pasa es que estamos
lejos y no puede oírnos.
—Pues subamos al árbol —propuso
Erizo.
—De acuerdo —dijo Conejo.

Conejo saltó a la rama más baja
y esperó a Erizo. Pero tardaba
demasiado.

—Erizo, ¿no subes?
—Ay, sí, Conejo. Es que me he
despistado porque este tronco está
lleno de caracoles. Ya voy.

Y los dos, subidos en la higuera, le gritaron a la nube:

—¡Eh, nube, hazte un poco a un lado! ¡No nos tapes el sol!

Pero la nube no les hizo ni caso.

—Todavía estamos demasiado lejos como para que pueda oírnos —dijo Erizo.

—Pues subamos más —propuso Conejo.

Y, en dos saltos, Conejo subió a lo más alto de la higuera, donde esperó a Erizo. Cuando vio que tardaba, miró hacia abajo y gritó:

—¡Oye, Erizo, deja los caracoles y sube!
—No, Conejo, no es eso. Es que yo soy un Erizo, no me resulta tan fácil como a ti lo de saltar. Por favor, habla tú con la nube.
—Ah, de acuerdo —dijo Conejo.

—Nube, escucha, tenemos frío. Apártate un poco, si eres tan amable.

Pero, la nube, ni caso.

—Debe ser que no me oye —dijo Conejo.
—No puede ser, yo te he oído
perfectamente —dijo Erizo.
—Pero tú estás más cerca de mí que ella —le
explicó Conejo.

—Ah, es verdad. ¿Ves a alguien
que pueda ayudarnos?
—Hay un cuervo picoteando
las coliflores.

—Cuervo, por favor, tú que puedes volar, acércate a la nube y dile que se aparte —dijo Conejo.

Pero el cuervo ni lo oyó.

—¿Te ha hecho caso, Conejo?
—No.

—A lo mejor el cuervo está lejos —dijo Erizo.

—No, es la nube la que está lejos, el cuervo está más cerca —dijo Conejo.

—A lo mejor el cuervo está lejos y la nube está más lejos —replicó Erizo.

—Ah, puede que sea eso.

—Conejo, ¿hay alguien más cerca que el cuervo?

—Sí, está la vaca pastando en el prado —respondió Conejo.

—Pues dile que nos ayude —propuso Erizo.

—¡Pero las vacas no pueden volar! —dijo Conejo.

—Ya, pero dile a la vaca que le pida al cuervo que vuele y hable con la nube.

—¡Ah, qué buena idea!

—Vaca, por favor, dile al cuervo que hable con la nube —dijo Conejo.

La vaca tampoco lo oyó. Y aunque hubiera oído a Conejo no lo habría entendido, porque las vacas no hablan el mismo idioma que los conejos.

Pero, en ese momento, la vaca por casualidad mugió.

El cuervo se asustó con
el mugido de la vaca y
echó a volar.

Pasó por encima de la higuera y se fue en busca de otro huerto donde picotear tranquilo sin que ninguna vaca lo asustara.

En eso, sopló el viento y apartó la nube.

El sol lució de nuevo y Conejo y
Erizo sintieron el calor de sus rayos.

—Gracias, vaca —dijo Conejo.
—Gracias, cuervo —dijo Erizo.
—Gracias, higuera —dijo Conejo.
—Gracias, nube —dijo Erizo.

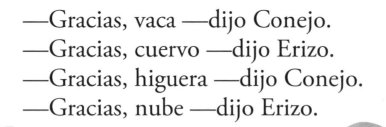

—Hola, sol —dijeron
los dos a la vez.